adam

BASSET

la vérité est sous le tapis

humour libre

traduction :
thiriet.
lettrage :
philippe glogowski.
couleurs :
lau.
maquette de la collection :
jean-françois lejeune.
isbn 2-8001-2790-2 — D.1999/0089/61
dépôt légal : février 1999.
titre original : ADAM, Life in the Fast-Food Lane (seconde partie).

imprimé en belgique.

ET TOI ? TU TE DÉGUISES EN QUOI, POUR HALLOWEEN ?
SAIS PAS. JE CHERCHE UN TRUC TRÈS TRÈS EFFRAYANT MAIS J'AI PAS ENCORE TROUVÉ QUOI.
BRIAN BASSET
EN RÔTI DE PAPA.
TU SAIS... JE VAIS PEUT-ÊTRE CHANGER DE TACTIQUE, POUR CE HALLOWEEN. LE GENRE "EFFRAYANT ET LAID" A PAS MAL MARCHÉ JUSQU'ICI, MAIS PEUT-ÊTRE QUE LE STYLE "DOUX ET MIGNON" ME RAPPORTERAIT PLUS.
MA COPINE JESSE A ESSAYÉ L'ANNÉE PASSÉE.
AH OUI? ET ÇA A MARCHÉ COMMENT ?
BRIAN BASSET
ELLE A EU UN SAC DE CROQUETTES POUR CHATS ET UNE SOURIS EN CAOUTCHOUC.
KATY... J'AI LONGUEMENT RÉFLÉCHI À MON DÉGUISEMENT ET J'AI PRIS UNE DÉCISION: JE VAIS ÊTRE LE MONSTRE DU LOCH NESS.
BRIAN BASSET
GÉNIAL.
OUAIS. J'EN AI BAVÉ. IL M'A FALLU QUELQUES NUITS BLANCHES POUR ME DÉCIDER... MAIS À MON AVIS, QUAND LES GENS VERRONT CE QU'IL FAUT POUR NOURRIR CE MONSTRE, ÇA DEVRAIT MARCHER DU TONNERRE.
PFOUUU! LE PLUS DUR EST PASSÉ! MAINTENANT, MAMAN N'A PLUS QU'À LE FAIRE!
COMMENT ÇA, VOUS N'AVEZ PAS DE TISSU "MONSTRE DU LOCH NESS"?!

ADAM
BRIAN BASSET
ALORS, ET TON COSTUME ?
@★#!!%★
MAMAN Y TRAVAILLE.
BRIAN BASSET
ALORS ? ET CE DÉGUISEMENT POUR CLAYTON ?
BIENTÔT FINI.
IL N'EST PAS VERT, LE MONSTRE DU LOCH NESS, D'HABITUDE ?

CE DÉGUISEMENT DE MONSTRE DU LOCH NESS VA ME RAPPORTER UNE TONNE DE BONBONS.
ALORS? ÇA REND COMMENT?
T'ARRIVES À MARCHER ET À BOUGER LES BRAS?
PAS TROP. C'EST HYPER LOURD, CE MACHIN.
TU RESSEMBLES PLUTÔT À UNE LIMACE GÉANTE.
BRIAN BASSET

ATTENDEZ-MOI, LES GARS! C'EST MÉGA-LOURD, CE TRUC!
BLOM BLOM BLOM
BLOM BLOM
DING DONG
BRIAN BASSET
LAISSEZ TOMBER LES BONBONS. J'POURRAIS AVOIR UN VERRE D'EAU?
BONBONS OU BÂTON

EH BEN, COMPLÈTEMENT RATÉ, CE HALLOWEEN! CE STUPIDE COSTUME ÉTAIT SI LOURD ET ENCOMBRANT QUE JE POUVAIS À PEINE BOUGER.
BRIAN BASSET
IL M'A TELLEMENT RALENTI... LE TEMPS QUE J'ARRIVE, IL NE RESTAIT PLUS DE BONBONS DEPUIS LONGTEMPS.
MAIS CE QUI M'ÉNERVE LE PLUS, C'EST DE DEVOIR ÊTRE GENTIL AVEC TOI POUR QUE TU ME DONNES DE TES BONBONS...
... POUR QUE JE TE DONNE PEUT-ÊTRE DE MES BONBONS!

UN PONEY SHETLAND ET UNE VOITURE NEUVE POUR TES 18 ANS!
NAN! VA CHERCHER DES BONBONS TOI-MÊME!
BRIAN BASSET

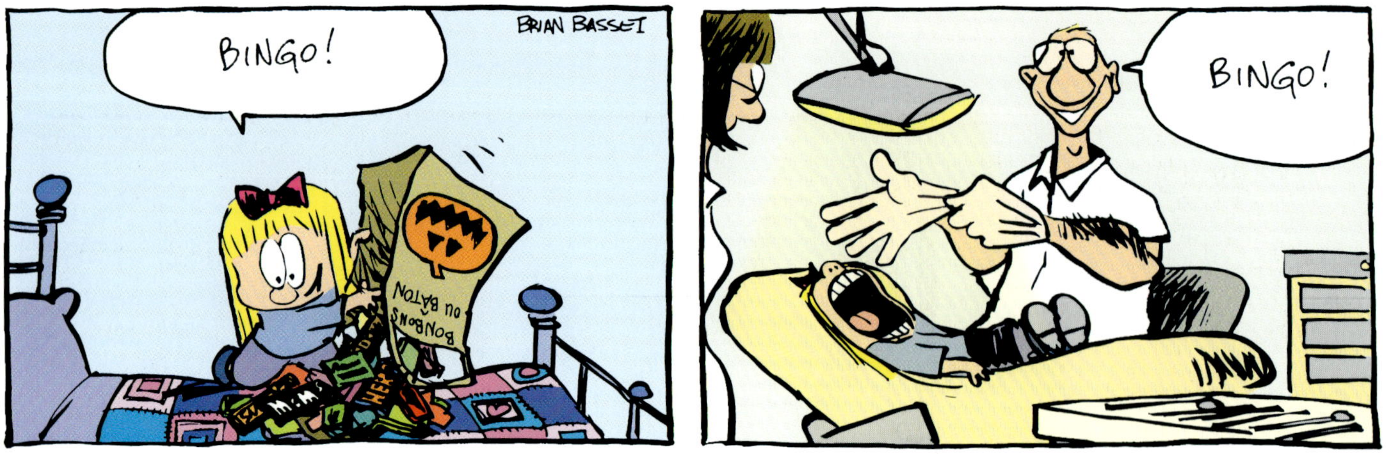
BRIAN BASSET
BINGO !
BINGO !

BRIAN BASSET
ALORS, JOURNÉE AGITÉE ?
OUAIS. À QUOI TU VOIS ÇA ?
TU NE T'ES RASÉ QU'UNE MOITIÉ DE VISAGE.

MAIS QU'AVONS-NOUS LÀ ?
15 CENTS TOMBÉS D'UNE POCHE DE CLAYTON, SANS DOUTE.
HÉHÉHÉ. MOI, JE DIS TOUJOURS : QUI TROUVE, GAGNE !
ALLEEEZ ! C'EST JUSTE 15 CENTS, QUOI !
BRIAN BASSET

MERCI DE POUVOIR GARDER NICK AU PIED LEVÉ, LYNN. ÇA M'ARRANGE VRAIMENT.
PAS DE PROBLÈME, ADAM.
JE REVIENS LE CHERCHER DANS TROIS HEURES ENVIRON.
TU DOIS FAIRE DES COURSES ?
NON... LA SIESTE !
BRIAN BASSET

ADAM
BRIAN BASSET
D'ACCORD, D'ACCORD! ON VA MANGER CHEZ LE GROS M JAUNE DÈS QU'ON A FINI.
SUI-VANT!
PAS MAINTE-NANT, NICK!
S'IL TE PLAÎT, ARRÊTE!
NICK, NON, ARRÊTE!
MERCI.
BRIAN BASSET
PERMIS DE CONDUIRE, PHOTOS D'IDENTITÉ
SUIVANT!

PAPAA! ON EST LÀÀÀÀ!
CHUUUUT! TU NE VEUX PAS RÉVEILLER LE BÉBÉ, QUAND MÊME!?
CE GOSSE QU'ON CÂLINE, QU'ON CHANGE, QU'ON BAIGNE ET QU'ON NOURRIT À LA CUILLÈRE?
BRIAN BASSET
ET COMMENT QUE JE VEUX!
PAPA, QU'EST-CE QU'ON MANGE?
DU RAGOÛT DE BOEUF.
POURQUOI TU FAIS DU RAGOÛT ALORS QUE CLAYTON DIT QU'ON MANGE DE LA PIZZA?
BRIAN BASSET
EH BIEN, PARCE QUE CLAYTON SE TROMPE.
DING DONG!
UNE EXTRA LARGE PEPPERONI ET DOUBLE FROMAGE?
REGARDE CE QUE LE GENTIL MONSIEUR NOUS A APPORTÉ.
PIZZA
CLAYTON! JE T'AI DIT QU'ON MANGEAIT DU RAGOÛT, CE SOIR!
DING DONG
BRIAN BASSET
ET TOI, QU'EST-CE QUE TU FAIS? TU DÉSOBÉIS ET TU COMMANDES UNE PIZZA!
OUI!!! QUOI ENCORE??
ET... MES SOUS?
DANS TA CHAMBRE, MON JEUNE AMI! JE NE TE LAISSERAI PAS EFFRONTÉMENT ME DÉSOBÉIR ET COMMANDER UNE PIZZA ALORS QUE TU SAIS PERTINEMMENT QUE J'AI PRÉPARÉ LE DÎNER!
YOUHOU, JE SUIS LÀ!
BRIAN BASSET
MMMM...! DE LA PIZZA!!... ON MANGE QUAND?

ADAM
BRIAN BASSET
J'AI HORREUR DES VACANCES.
IL FAUT NETTOYER LA MAISON POUR ACCUEILLIR LES AMIS.
HOPOPOP! UNE SECONDE! AI-JE VRAIMENT ENVIE DE PASSER L'ASPIRATEUR?
OH, QUE NON!
ET CE TAPIS, EST-IL SI SALE QUE ÇA?
NAAAAAAN.
LAURA! L'ASPIRATEUR VIENT DE RENDRE L'ÂME!
CLIC
CLIC
SUPER. COMME ÇA, JE SAURAI QUOI T'OFFRIR À NOËL!
BRIAN BASSET
VRRRRRRRRR

DEVINEZ QUI VA PASSER À LA RADIO !
TOI, PAPA ?
C'EST QUOI, CETTE BLAGUE ?
SUPER !
C'EST CETTE ÉMISSION AVEC L'INVITÉ DE MIDI... ILS M'ONT DEMANDÉ DE VENIR PARLER DE L'ÉVOLUTION DU RÔLE DE L'HOMME.
GÉNIAL ! C'EST L'ÉMISSION OÙ LES GENS APPELLENT POUR EXPOSER LEURS PROBLÈMES ? COMMENT T'ONT-ILS CONTACTÉ ?
JE LES AI APPELÉS.
BRIAN BASSET
C'EST BIEN TENU, ICI ! C'EST LA PREMIÈRE FOIS QUE JE SUIS À LA RADIO... ET QUI PLUS EST DANS UNE STATION DE RADIO !
BIEN SÛR, MA FEMME FERAIT UNE CRISE SI JE DISAIS CE QUE JE PENSE VRAIMENT DU FAIT DE RESTER À LA MAISON.
JE RACONTERAI SEULEMENT QUELQUES ANECDOTES SUR LES COUCHES ET LA CUISINE. ON PASSE À L'ANTENNE QUAND ?
ON **EST** À L'ANTENNE.
BRIAN BASSET
VOUS VENEZ DE NOUS EXPRIMER VOTRE RESSENTIMENT POUR LE TRAVAIL DE PÈRE AU FOYER. POUVEZ-VOUS NOUS EN DIRE PLUS, M. NEWMAN ?
EUH ?
ÉCOUTEZ, CE N'EST PAS DU TOUT CE QUE J'AI VOULU DIRE, D'ACCORD ? QUESTION SUIVANTE.
ALORS, DIRIEZ-VOUS PLUTÔT "UNE HAINE PROFONDÉMENT ANCRÉE EN VOUS" ?
OUAIS. C'EST PLUTÔT ÇA.
BRIAN BASSET
NOUS SOMMES AVEC ADAM NEWMAN, HOMME AU FOYER, PÈRE ET MARI ÉTONNAMMENT MODERNE... SI VOUS AVEZ DES QUESTIONS À LUI POSER, L'ANTENNE EST À VOUS.
ALLEZ-Y, VOUS ÊTES À L'ANTENNE.
ADAM, POURQUOI T'OBSTINES-TU À PASSER LE 100% COTON AU SÈCHE-LINGE ?
CIEL ! MA FEMME !
BRIAN BASSET

AVANT TOUT, LAISSE-MOI M'EXPLIQUER. VOIS-TU, JE NE VOULAIS PAS VRAIMENT DIRE QUE JE HAÏSSAIS LE TRAVAIL DE PÈRE AU FOYER...
MAIS VOILÀ... C'EST LA PREMIÈRE FOIS QUE JE PASSAIS À LA RADIO, ALORS, TU VOIS, QUOI, J'ANGOISSAIS À L'IDÉE DE DIRE DES BÊTISES...
BRIAN BASSET
SUR CE POINT, TU N'AS PAS À T'INQUIÉTER.
AH BON? JE N'AI PAS DIT DE BÊTISES?
NON: TU N'AVAIS PAS L'AIR ANGOISSÉ.
ET TU LUI OFFRES QUOI, À LAURA, POUR NOËL, ADAM?
J'HÉSITE ENCORE ENTRE UNE JOLIE PAIRE DE BOUCLES D'OREILLES ET UN MAGNÉTOSCOPE 4 TÊTES, PROGRAMMABLE À 8 JOURS.
OFFRE-LUI DONC LES DEUX!
BRIAN BASSET
POUR QUOI FAIRE? JE NE PORTE PAS DE BOUCLES D'OREILLES!
JE PEUX VOUS AIDER?
OUI. JE VOUDRAIS UNE CHEMISE DE NUIT POUR MA FEMME.
LINGERIE
BRIAN BASSET
QUELQUE CHOSE DE SEXY, AVEC DE LA DENTELLE... MAIS PRATIQUE.
JE VOIS, PLUS UN CADEAU POUR VOUS QUE POUR ELLE... C'EST ÇA?
MADAME! JE VEUX BIEN RESTER À LA MAISON M'OCCUPER DES ENFANTS, FAIRE LE MÉNAGE ET LA CUISINE, MAIS JE N'IRAI PAS PLUS LOIN!
PAPA, ÇA S'APPELLE COMMENT, CES TRUCS VERTS DANS LE CAKE?
PAS MAINTENANT, KATY... DEMANDE À TA MÈRE.
BRIAN BASSET
ALORS... ÇA S'APPELLE COMMENT, CES TRUCS VERTS DANS LE CAKE?

ADAM
BRIAN BASSET
UN CAMION NINJA, UN LANCE-PIZZAS NINJA, UNE TENUE D'ÉGOUTIER NINJA.
SCRIBBLE SCRIBBLE SCRIBBLE
...ET AVEC DES PILES, CETTE FOIS !
SCRIBBLE SCRIBBLE
QU'EST-CE QUE T'ÉCRIS ?
MA LISTE POUR NOËL.
AU PÈRE NOËL ?
PAS QUESTION ! L'AN DERNIER, IL M'A ENVOYÉ PLUS DE VÊTEMENTS QUE DE JOUETS !
ET L'ANNÉE D'AVANT, J'AVAIS DEMANDÉ UN LANCE-MISSILES ANTICHAR AVEC PÉRISCOPE À INFRA-ROUGES ET IL M'A AMENÉ UNE FERME À FOURMIS !
SI C'EST PAS AU PÈRE NOËL, À QUI T'ÉCRIS, ALORS ?
À SON SUPÉRIEUR HIÉRARCHIQUE...
SA MÈRE !
BRIAN BASSET

ADAM
BRIAN BASSET
CHERS CLIENTS, ATTENTION!!!
PLUS QUE 104 JOURS D'EMPLETTES AVANT PÂQUES!
VOUS AUSSI VOUS AVEZ PERDU VOTRE FEMME DANS CE DÉDALE, HEIN ?
NON, NON, C'EST MA FAÇON DE FAIRE MES COURSES DE NOËL.
BRIAN BASSET

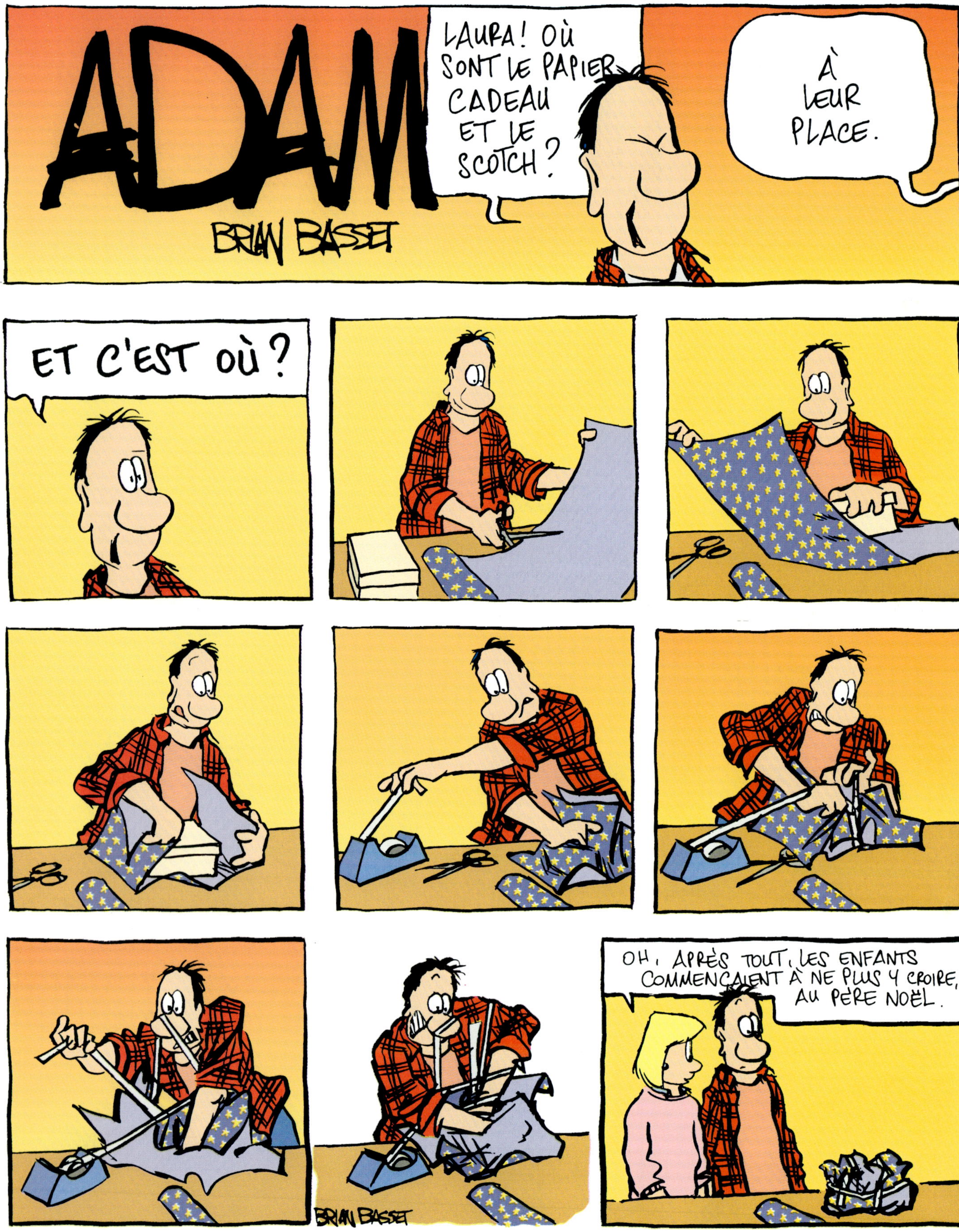
ADAM
BRIAN BASSET
LAURA ! OÙ SONT LE PAPIER CADEAU ET LE SCOTCH ?
À LEUR PLACE.
ET C'EST OÙ ?
BRIAN BASSET
OH, APRÈS TOUT, LES ENFANTS COMMENÇAIENT À NE PLUS Y CROIRE, AU PÈRE NOËL.

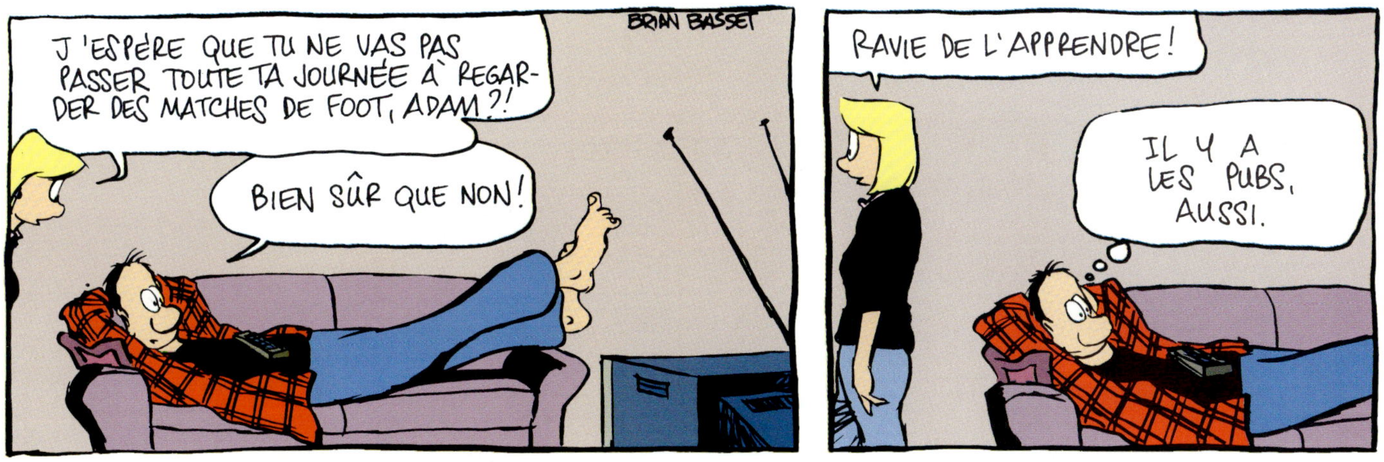
BRIAN BASSET
J'ESPÈRE QUE TU NE VAS PAS PASSER TOUTE TA JOURNÉE À REGARDER DES MATCHES DE FOOT, ADAM ?!
BIEN SÛR QUE NON !
RAVIE DE L'APPRENDRE !
IL Y A LES PUBS, AUSSI.

JE PEUX EN AVOIR D'AUTRES, PAPA, S'IL TE PLAÎT ?
BIEN SÛR, QUE TU PEUX ! ET MOI QUI PENSAIS QUE TU N'AIMERAIS PAS ÇA !
BRIAN BASSET
C'EST LA SAISON DES CADEAUX, TU SAIS !
?
?
OOH ! HÉ HÉ HÉ, IL DOIT VOULOIR DIRE "SAISON DES COMPLIMENTS".

JOYEUX NOËL.
JOYEUX NOËL !
JOYEUX NOËL !
VOIR NOTICE DE MONTAGE. VOIR NOTICE DE MONTAGE. VOIR NOTICE DE MONTAGE...
BRIAN BASSET

VOILÀ ! IL NE PENCHE PLUS !
C'EST PARCE QU'IL EST HORIZONTAL.

ADAM
BRIAN BASSET
MAIS COMME TU PEUX ÊTRE MIGNON, AVEC CE CHAPEAU, ADAM.
ON DIRAIT COMME UN GROS CORNET DE GLACE À L'ENVERS.
BEUM!
HÉÉ! ON N'EST PAS UN PEU EN AVANCE, LÀ? C'EST PAS ENCORE LE NOUVEL AN!
ÇA L'EST QUELQUE PART.
BRIAN BASSET

DES RÉSOLUTIONS POUR CETTE ANNÉE, LAURA ?
MMM... UNE SEULE.
CELLE D'ÊTRE PLUS PATIENTE AVEC LES GENS QUI, À LONGUEUR DE JOURNÉE, NE FONT PAS CE QU'ILS AVAIENT PROMIS DE FAIRE.
EEH BEN ! JE NE PENSAIS PAS QUE C'ÉTAIT AUSSI FRUSTRANT, AU BUREAU.
BRIAN BASSET
JE NE PARLAIS PAS DU BUREAU.
ET TOI, TU AS PRIS DE BONNES RÉSOLUTIONS, CLAYTON ?
C'EST QUOI ÇA ?
EH BIEN, PAR EXEMPLE, FAIRE EN SORTE QUE LES 9/10 DEVIENNENT DES 11.
MAIS CE SERAIT TRICHER !
BRIAN BASSET
JE VOULAIS DIRE : EN TRAVAILLANT PLUS !
AAAH !
ÇA Y EST, LAURA, J'AI TROUVÉ UN CLUB DE REMISE EN FORME !
TU AS FAIT VITE ! JE CROYAIS QUE TU VOULAIS CHOISIR SOIGNEUSEMENT.
C'EST CE QUE J'AI FAIT.
TU EN AS TROUVÉ UN QUI CORRESPONDE À NOTRE BUDGET ? QUI SOIT PRATIQUE ? AVEC DES POIDS, UNE PISCINE ET UN COURS D'AÉROBIC, COMME TU VOULAIS ?
MIEUX QUE ÇA ! J'EN AI TROUVÉ UN AVEC UNE CRÈCHE !
BRIAN BASSET
AVANT DE COMMENCER LE PROGRAMME, NOUS ALLONS PRENDRE VOS MENSURATIONS POUR MESURER VOS FUTURS PROGRÈS.
TOUR DE TAILLE : 104 CM.
104 ! VOUS ÊTES SÛRE ? IL N'Y A PAS UNE PETITE ERREUR ?
ÇA SE POURRAIT. ATTENDEZ VOIR.
BRIAN BASSET
EXACT ! 109 CM !

ÇA ME SEMBLE UN PEU LOURD POUR COMMENCER.
MEUUUH NON.
OK. ALLEZ-Y, JE REVIENS TOUT DE SUITE.
CRAC
BRIAN BASSET

COMMENT ÇA A ÉTÉ ?
IL N'A PLEURÉ QUE PENDANT QUELQUES MINUTES, APRÈS VOTRE DÉPART.
BRIAN BASSET
MAIS C'EST PARFAIT, ÇA !
LE RESTE DU TEMPS, IL A JETÉ DES JOUETS PARTOUT ET FRAPPÉ LES AUTRES ENFANTS.

ALORS, C'ÉTAIT COMMENT, CETTE PREMIÈRE SÉANCE, ADAM ?
JE SUIS VIDÉ.
BRIAN BASSET
ET LA CRÈCHE DU CLUB, POUR NICK ?
ILS M'OFFRENT LE DOUBLE DE L'INSCRIPTION POUR QUE J'AILLE AILLEURS.

DIS PAPA, MAINTENANT QUE TU T'ES ENTRAÎNÉ, JE PEUX TÂTER TES MUSCLES ?
(HÉ HÉ HÉ) BIEN SÛR !
WAH !
LES GOSSES !
DIS DONC, PAPA...
HMMM ?
BRIAN BASSET
SI JE TE DONNE LE NOM D'UN MÉCHANT, À L'ÉCOLE, TU POURRAIS ALLER LUI CASSER LA FIGURE ?

CLAYTON, J'ESPÈRE QUE TU PLAISANTAIS, À PROPOS DE CE MÉCHANT À L'ÉCOLE...
OH! BIEN SÛR.
J'AIME MIEUX ÇA.
PAPA?
OUI.
BRIAN BASSET
ÇA TE DIRAIT, 12 ROUNDS CONTRE SON PÈRE?

PSSST, CLAYTON, POURQUOI TU ES PUNI DANS TA CHAMBRE?
J'AI DEMANDÉ À PAPA DE CASSER LA FIGURE À UN MÉCHANT DE L'ÉCOLE.
... ALORS IL A DIT QUELQUE CHOSE À PROPOS DE "NE PAS TOUJOURS AVOIR RAISON", ET QUE DES FOIS ON DOIT PARTIR ET TENDRE L'AUTRE JOUE.
ET LÀ, IL T'A ENVOYÉ DANS TA CHAMBRE?
NON.
BRIAN BASSET
... JUSTE APRÈS QUE JE L'AI TRAITÉ DE "TROUILLARD".

REGARDE UN PEU ÇA, LAURA. PAS SI MAL, APRÈS SEULEMENT QUELQUES SÉANCES AU CLUB!
TU RENTRES LE VENTRE, ADAM!
BRIAN BASSET
BON! BON! N'EMPÊCHE QU'AVANT, JE N'AURAIS JAMAIS PU RETENIR MA RESPIRATION AUSSI LONGTEMPS!

ADAM
BRIAN BASSET
HÉÉÉ ! C'EST PAS JUSTE ! (PUUUF-PUUUF) J'AI MANGÉ PLUS QUE TOI, PENDANT LES VACANCES !
ÉCOUTE, NICK ! SI TU VEUX SORTIR, METS UN MANTEAU ... IL GÈLE, DEHORS !
BRIAN BASSET

ADAM
BRIAN BASSET
BONK!
DEUX!
TROIS!
QUATRE!
BRIAN BASSET
105!
106!
SEPT!

CRÈCHE DE JOUR
BRIAN BASSET
WAAAH!
ME FAITES PAS ÇA! NE ME LAISSEZ PAS AVEC CE GOOOOSSE!

TU ES ALLÉ À L'ENTRAÎNEMENT, AUJOURD'HUI?
HUM HUM!
ET LA CRÈCHE, ÇA S'EST PASSÉ COMMENT?
BRIAN BASSET
EUH... VOYONS... IL N'A HURLÉ QUE 20 MINUTES, CETTE FOIS.
AU MOINS, IL FAIT DES PROGRÈS! ET TU T'ES ENTRAÎNÉ COMBIEN DE TEMPS?
20 MINUTES.

DIS PAPA, JE PEUX AVOIR PLUS D'ARGENT DE POCHE?
QUAND TU AURAS RANGÉ TA CHAMBRE, COMME ON AVAIT DIT.
BON... ET SI TU M'AUGMENTAIS POUR QUE JE NE METTE PAS PLUS DE DÉSORDRE?
C'EST DE L'EXTORSION!
BRIAN BASSET

ALLEZ, ADAM! PLUS VITE! PLUS VITE! VOUS POUVEZ LE FAIRE! POUSSEZ AU MAX!
UNE SECONDE. JE CROIS (GASP) QUE J'AI CLAQUÉ LA GROSSE ARTÈRE QUI VA AU COEUR.
BRIAN BASSET
ON N'A RIEN SANS RIEN.

STAIRMASTER
NOMS
BIENTÔT FINI ?
NON. JE COMMENCE À PEINE.
BRIAN BASSET

JE SUIS LÀ !
BRIAN BASSET
LAURA, IL N'Y AVAIT PLUS RIEN DE PROPRE, ALORS J'AI EMMENÉ LES ENFANTS MANGER DEHORS – ADAM.
PS : NE TE GÊNE PAS SI TU VEUX FAIRE LA VAISSELLE.

ADAM, JE SAIS QUE C'EST UN PEU COURT, MAIS POURRAIS-TU ME GARDER LES JUMEAUX QUELQUES HEURES ?
ON VIENT DE ME CONVOQUER POUR UN ENTRETIEN D'EMBAUCHE EN VILLE... BIEN SÛR, SI TU NE PEUX PAS, JE PEUX LES RAPPELER ET...
BRIAN BASSET
CAROL, J'AURAIS AIMÉ TE RENDRE SERVICE, MAIS ...
JE TE DONNE 4 EUROS DE L'HEURE !
PSSST ! VAS-Y ! ACCEPTE ! C'EST PLUS QUE TOUT CE QUE T'AS GAGNÉ L'ANNÉE DERNIÈRE !
D'ACCORD !

BRIAN BASSET
QUI A PRIS LE PAPIER TOILETTE ?!

ADAM ! REGARDE-MOI LE CARNAGE ! DES JOUETS PARTOUT... DES VÊTEMENTS ÉPARPILLÉS DANS TOUS LES COINS.
JE NE VOUDRAIS PAS PARAÎTRE NÉGATIVE, MAIS POURQUOI NE RAMASSES-TU PAS TOUT ÇA ?
TU SAIS COMMENT SONT LES ENFANTS...
ILS METTENT LA PAGAILLE - JE RAMASSE.
ILS REMETTENT LA PAGAILLE - JE RE-RAMASSE.
ILS REMETTENT LA PAGAILLE - JE RE-RE-RAMASSE... ET AINSI DE SUITE.
AH OUI ? ET POURQUOI TU N'AS PAS RAMASSÉ, CETTE FOIS ?
AAH ! ÇA NE SERAIT PAS FAIR-PLAY SI JE LES LAISSAIS PAS GAGNER DE TEMPS EN TEMPS !
BRIAN BASSET

PSSST ! LAURA... NICK PLEURE... C'EST TON TOUR DE TE LEVER !
HEIN ? MON TOUR ? ÇA L'ÉTAIT DÉJÀ HIER.
OUAIS, BON... MAIS C'EST IDIOT QUE JE ME LÈVE. C'EST TOI QUI DIS NE JAMAIS POUVOIR TE RENDORMIR, UNE FOIS RÉVEILLÉE.
AUTANT TE LEVER AVEC LUI.
BRIAN BASSET
REVIENS JUSTE ME RÉVEILLER QUAND TU VOUDRAS TE PRÉPARER POUR PARTIR.
BON ! JE CROIS QUE JE VAIS Y ALLER PLUS TÔT, CE MATIN.

SUPER, TON CASSE-CROÛTE, AUJOURD'HUI, PAPA !
JE L'AI ÉCHANGÉ CONTRE UN DEMI SANDWICH AU BEURRE DE CACAHUÈTE ET UNE POMME !
BRIAN BASSET
CLAYTON, TU SAIS CE QUE JE PENSE DE TES TROCS.
AH, J'OUBLIAIS... ET AUSSI UNE PART DE TARTE-TATIN !
QUOI ? POUR DE VRAI ? ÇA VALAIT DE LA TARTE-TATIN ? DIS DONC !
OUAIS ! ET UNE GROSSE PART, EN PLUS !

ET QU'AS-TU FAIT D'AUTRE, AUJOURD'HUI, ADAM ?
J'AI CHANGÉ 6000 COUCHES SALES.
BRIAN BASSET
NOOON !? ET TU N'AS PAS APPELÉ LE GUINESS DES RECORDS ?
PAS LE TEMPS. JE CHANGEAIS DES COUCHES.

ADAM
BRIAN BASSET
LAURA.
IL FAUDRAIT CHANGER.
CHANGER, COMME ÇA? D'UN COUP?
HIN-HIN.
ADAM, ON ÉTAIT D'ACCORD POUR NE PAS REVENIR LÀ-DESSUS. NE CROIS PAS QUE C'EST FACILE POUR MOI DE TE LAISSER SEUL À LA MAISON AVEC LES ENFANTS!
LES VOYAGES D'AFFAIRES M'ÉLOIGNANT DU FOYER... LE SENTIMENT DE CULPABILITÉ QUE TU M'INFLIGES... LA RESPONSABILITÉ DE NOURRIR TOUT LE MONDE...
ÇA N'A RIEN À VOIR AVEC MON STATUT DE PÈRE AU FOYER.
PARFAIT! TU EN AS TROUVÉ UNE PLUS JEUNE ET PLUS SÉDUISANTE! J'AURAIS DÛ M'EN DOUTER!
BRIAN BASSET
TOUT CE QUE JE VOULAIS, C'ÉTAIT CHANGER DE CHAÎNE!

ADAM
BRIAN BASSET
ALLEEEEZ, ADAM ! COMMENT SAURAS-TU SI TU ES UN SKIEUR EXPERT, SI TU N'ESSAIES PAS LES PISTES NOIRES ?
AAAAAAAAAAAAAAAAAH
IL NOUS FAUDRA UNE ÉCHELLE, UNE TRONÇON-NEUSE...
BRIAN BASSET

ADAM
BRIAN BASSET
MAMAN, JE POURRAI AVOIR LE JOURNAL QUAND TU L'AURAS FINI ?
QUELLES PAGES ? LA BD ?
NON, LES RÉSULTATS DU TIERCÉ.
HMMM... TRÈS BON, LE CAFÉ, CE MATIN, ADAM.
MERCI.
ATTENDEZ VOIR ! NE DEVRIONS-NOUS PAS REMERCIER CHACUN DES PAYSANS QUI ONT CUEILLI À LA MAIN UN À UN CES GRAINS, POUR UN SALAIRE MISÉRABLE ?
JE N'AVAIS PAS VU LES CHOSES SOUS CET ANGLE !
ET IL Y A AUSSI LES GENS QUI LE TRANSPORTENT, QUI LE TORRÉFIENT, QUI L'EMBALLENT...
J'AI VU ÇA DANS UN DOCUMENTAIRE.
AH, TRÈS BIEN.
BRIAN BASSET
HMMMM... PARFAIT, TES OEUFS, ADAM...
MERCI BIEN.
ATTENDEZ VOIR !

ALORS, NICK SE COUCHE À 7H30, CLAYTON ET KATY PAS PLUS TARD QUE 8H30.
DÉPÊCHONS, ADAM, JE MEURS D'ENVIE DE VOIR CE FILM !
(BÂILLE) MOI AUSSI.
TU AS L'AIR COMPLÈTEMENT ÉPUISÉ, ADAM. ON AURAIT PU RESTER...
BRIAN BASSET
TU ES FOLLE ?! C'EST DE RESTER À LA MAISON QUI M'ÉPUISE COMME ÇA !
JE VAIS CHERCHER DU POP-CORN AVANT QUE ÇA COMMENCE. TU VEUX QUELQUE CHOSE ?
UN CAFÉ SERRÉ.
BRIAN BASSET
SUIVANT.
POP CORN
FLÛTE. OÙ SONT NOS PLACES ?
POP-CORN
BINGO !
Z
POP CORN
BRIAN BASSET
HÉ ! DEVANT ! ON VOIT RIEN !
Z
SANS PARAPLUIE !? MAIS IL PLEUT À VERSE !
LES VAILLANTES TORTUES NINJAS N'ONT PAS BESOIN DE PARAPLUIE.
BRIAN BASSET

LES VAILLANTES TORTUES NINJAS... DES HÉROS MI-HOMMES, MI-TORTUES ...
LE POUVOIR AUX TORTUES!
BRIAN BASSET
?
?

JE VOUS AI DÉJÀ DIT... PAS DE COOKIES AVANT LES REPAS.
D'ABORD JE CROYAIS QUE LES TORTUES NINJAS NE SE DÉPLAÇAIENT QUE PAR GROUPE DE 4 !
BRIAN BASSET

OÙ SONT LES ENFANTS ?
NOS EN-FANTS?
PRÊTE À SUBIR UN CHOC ?
QU'EST-CE QUI EST ARRIVÉ? HEIN? QUOI!?
ILS ... ILS ONT MUTÉ EN VAILLANTES TORTUES NINJAS.
MERCI, MON DIEU!
BRIAN BASSET

CLAYTON, ARRÊTE DE JOUER AVEC TON RÔTI.
LES VAILLANTES TORTUES NINJAS MUTANTES NE MANGENT PAS DE CETTE PÂTÉE INFÂME. ELLES N'AIMENT QUE LES PIZZAS.
CLAYTON!
BRIAN BASSET
BON... PUISQU'ON SORT DES ÉGOUTS, JE SUPPOSE QU'ON PEUT MANGER N'IMPORTE QUOI.
CLAYTON!

JE NE SAIS PAS QUOI PENSER DE CES MUTANTS TORTUES NINJAS MACHIN.
VAILLANTES TORTUES NINJAS MUTANTES.
MAIIIS, LAURA, C'EST JUSTE UNE PHASE QUE LES ENFANTS TRAVERSENT.
BRIAN BASSET
JE SAIS, MAIS ÇA A L'AIR SI VIOLENT!
MAIS QUE SONT DEVENUS LES COW-BOYS ET LES INDIENS?
RINGG
ALLÔ? PARDON? MON FILS DONATELLO EFFRAIE SES CAMARADES DE RÉCRÉATION AVEC SON LASER DE VAILLANTE TORTUE NINJA MUTANTE?
JE CROIS QUE VOUS FAITES ERREUR. JE N'AI PAS D'ENFANT DE CE NOM. AU REVOIR.
BRIAN BASSET
BONJOUR, JE VIENS CHERCHER MON FILS CLAYTON.
BUREAU DU DIRECTEUR
NOUS N'AVONS PERSONNE DE CE NOM ICI.
PARDON? MAIS ON VIENT DE M'APPELER EN ME DEMANDANT DE VENIR LE CHERCHER.
DÉSOLÉE. IL N'Y A PAS DE CLAYTON ICI.
BRIAN BASSET
ET UN DONATELLO, VOUS AVEZ?
DONATELLO?
AMENEZ LA TORTUE!
BUREAU DU DIRECTEUR
ÉCOUTE, CLAYTON, TU NE VAS PAS TE PRENDRE POUR UNE TORTUE NINJA TOUTE LA JOURNÉE ET HARCELER TES PETITS CAMARADES D'ÉCOLE!
PAS N'IMPORTE QUELLE TORTUE! J'ÉTAIS DONATELLO!
ENFIN BREF. NE FAIS PLUS ÇA, C'EST TOUT.
BRIAN BASSET
OUI, CHEF.
MAIS SI SHREDDER ET ROCKSTEADY ARRIVENT AVEC UN PLAN DÉMONIAQUE POUR POLLUER L'EAU DE LA VILLE, ET...
TA MÈRE S'EN OCCUPERA.

VOTRE MÈRE ET MOI AVONS DÉCIDÉ QUE SI VOUS ARRÊTIEZ DE VOUS PRENDRE POUR DES TORTUES NINJAS, ON VOUS OFFRIRAIT LA COLLECTION COMPLÈTE !
BRIAN BASSET
EH BEEEN...
DISONS QUE C'EST D'ACCORD.
T'AS VU ? JE T'AVAIS DIT QUE ÇA MARCHERAIT !
T'AS VU ? JE T'AVAIS DIT QUE ÇA MARCHERAIT !
JE VEUX CELUI-LÀ ! SHREDDER, L'ANGE MORTEL DE LA DESTRUCTION !
NON, JE VEUX QUE TU PRENNES UN GENTIL.
OUIIIIN
OUIIIN
JE VEUX ÇA !
BRIAN BASSET
BON, EUH... C'EST UN MÉCHANT PLUTÔT GENTIL, ALORS ?
OUIIIN
UIIIN
II
IIN
OOUIII (SNIF)
BON, BON. PRENDS ÇA ET ON Y VA.
JE VEUX CELUI-LÀ !
HOULÀ ! IL NE RESTE QUE DEUX TORTUES NINJAS !
DÉGAGEZ ! JE LES AI VUES LA PREMIÈRE !
ZOUF
NON, DÉSOLÉ, MADAME, C'EST MOI.
À MOI !
UN GENTIL ! JE LE VEUX !
BRIAN BASSET
UN GENTIL !? OÙ ÇA ? OÙ ?
HÉÉ ! (OUF !) ARRÊTEZ DE POUSSER !
ARRIÈRE, VIPÈRE !
J'ÉTAIS LÀ AVANT V...
ET ILS CRAIGNENT QUE ÇA NOUS RENDE AGRESSIFS ?
MON PAPA IL EST PLUS GRAND QUE LE TIEN ! MON PAPA IL EST PLUS FORT QUE LE TIEN !
ET MON PAPA IL GAGNE PLUS QUE LE TIEN !
AH OUI ? EH BEN LE MIEN, EUH... IL PAYE MOINS D'IMPÔTS QUE LE TIEN !
BRIAN BASSET

ADAM
BRIAN BASSET
AAALORS, NICK, TU CROYAIS QUE PAPA NE VIENDRAIT PAS TE CHERCHER?
SNIF
IL N'ÉTAIT PAS LE SEUL À S'INQUIÉTER.
MERCI D'AVOIR GARDÉ NICK, LYNN. J'ESPÈRE QUE ÇA A ÉTÉ.
ÇA A ÉTÉ TRÈS BIEN. LES GARÇONS ONT JOUÉ SAGEMENT TOUS LES DEUX.
RAVI DE L'APPRENDRE! AH, AU FAIT, QUAND M'AMÈNES-TU COLE À GARDER?
MERCREDI À 9 H 30, ÇA VA?
SUPER! À MERCREDI, DONC!
QUEL PETIT AFFREUX!
OOOUF! JE PENSAIS QU'IL NE VIENDRAIT JAMAIS LE REPRENDRE, SON MONSTRE!

ADAM
BRIAN BASSET
DU RAB, ADAM ?
POURQUOI PAS ?
... ÇA FERA MON CINQUIÈME...
DÉLICIEUX, TON GÂTEAU DE RIZ, CONNIE !
MERCI. J'AI TROUVÉ LA RECETTE DANS UN VIEUX MAGAZINE DU MOIS DERNIER.
FAMEUX ! JE FERAI PEUT-ÊTRE UN GÂTEAU AU CHOCOLAT, LA SEMAINE PROCHAINE.
MAIS TU AS DÉJÀ AMENÉ UN MOKA LA SEMAINE DERNIÈRE !
EXACT. C'EST LE TOUR DE KIM, LA SEMAINE PROCHAINE.
ET APRÈS, C'EST À MOI. JE ME RAPPELLE AVOIR FAIT DES BEIGNETS LA SEMAINE APRÈS SON QUATRE-QUARTS.
C'EST VRAI.
CABINET DU DOCTEUR
TIENS, JUSTEMENT, VOILÀ KIM AVEC CHRISTOPHE.
M. NEWMAN, LE DOCTEUR VA VOUS RECEVOIR.
TOUSSE TOUSSE
KOF KOF
TOUSSE TOUSSE
ATCHOUM
BRIAN BASSET

ADAM
BRIAN BASSET
JE DÉTESTE LA PLUIE.
... ÇA ME RAPPELLE L'HEURE DU BAIN.
PLUIE, PLUIE, PLUIE DISPARAIS, DISPARAIS, NE REVIENS PLUS ICI NI DEMAIN, NI APRÈS !
HÉ ! IL NE PLEUT PLUS !
BRIAN BASSET
SOEUR, SOEUR, DISPARAIS, DISPARAIS, VA POURRIR AILLEURS ET M'EMBÊTE PLUS JAMAIS !
?
MAMAAAN ! PAPAAA !!
MAIS... ÇA MARCHE !

ALORS, C'ÉTAIT COMMENT, LE BASKET, AUJOURD'HUI ?
QU'EST-CE QUE CE DENIS PEUT M'ÉNERVER !
AH ? JE SUPPOSE QUE, LUI NON PLUS, IL NE TE FAIT JAMAIS DE PASSES ?
BRIAN BASSET
NAN. C'EST PAS LA QUESTION.
SON FILS VA DÉJÀ SUR LE POT !
SALUT, DENIS. C'EST ADAM. TU SAIS, À PROPOS DE TON FILS QUI EST DÉJÀ PROPRE... TU SAIS QUOI ?
NON, NON, NICK SALIT ENCORE SES COUCHES. MIEUX QUE ÇA... TU DEVINES PAS ? EH BIEN, NOTRE BABY-SITTER VIENT D'AVOIR SON PERMIS, ET ON N'A PLUS BESOIN D'ALLER LA CHERCHER !
AH ?
BRIAN BASSET
IL DIT QUE SA BELLE-MÈRE A SON PERMIS DEPUIS LONGTEMPS, ET QU'ELLE GARDE BEN GRATUITEMENT.
HÉ BEN ! T'ENTENDS CE GAMIN CRIER ? IL DOIT VRAIMENT HAÏR ÇA, LA CRÈCHE.
¡OUIIN OUIIN
FAUT DIRE QU'IL A UN SACRÉ ORGANE !
EN TOUT CAS, ÇA N'A PAS L'AIR DE TE DÉCONCENTRER !
BRIAN BASSET
QUOI ! C'EST TOI QUI VENDS CES CASQUES !? COMBIEN !?
OUIIIN OUIIIIN OUIIIIN
AAAARGG OOOOONPFF GNNNNN
BRIAN BASSET
ALORS (POUF POUF), ÇA DONNE QUOI, BARB ?
PAS MAUVAIS. TES AAARG SONT BONS. TU AS FAIT DES PROGRÈS EN OOONPF... MAIS TON GNNN DEMANDE À ÊTRE TRAVAILLÉ...

ADAM
BRIAN BASSET
SNIF SNIF
ADAM DOIT ÊTRE RENTRÉ.
AH! TU ES LÀ! ÇA A MARCHÉ, LE BASKET ?
OUAIS. ON A GAGNÉ 7 À 5.
TU N'AS PAS L'AIR TRÈS CONTENT!
C'EST QU'À LA FIN, J'AI FAILLI MARQUER LE 2000e PANIER DE MA CARRIÈRE.
... JUSQU'À CE QUE JEFF MONOPOLISE LE BALLON. DU COUP, FAUDRA QUE J'ATTENDE LA SEMAINE PROCHAINE...
BRIAN BASSET
PLOP
?
JE NE SAVAIS PAS QU'ON COMPTABILISAIT LES PANIERS À L'ENTRAÎNEMENT!
NON, NON...
JE LES COMPTABILISE.

... ET SI CES PRÉVISIONS SONT EXACTES, NOS BÉNÉFICES DEVRAIENT S'EN TROUVER...
EXCUSEZ-MOI, MADAME NEWMAN...
...VOTRE MARI VIENT D'APPELER. IL VOUS RÉCLAME D'URGENCE.
BRIAN BASSET
IL A DIT POURQUOI?
OUI, MADAME. IL A DIT QU'IL S'ÉTAIT COINCÉ LE DOS EN RAMASSANT VOTRE PETIT DERNIER, ET QU'IL EST BLOQUÉ PAR TERRE.
... IL A AUSSI PARLÉ D'UNE TÉLÉCOMMANDE HORS D'ATTEINTE...

TU FAIS QUOI PAR TERRE, PAPA?
ENFIN VOUS VOILÀ! JE ME SUIS COINCÉ LE DOS. QUE FAIT NICK?
IL EST SUR LE CANAPÉ, IL REGARDE 1, RUE SÉSAME.
BONJOUR, PAPA.
BONJOUR, PRINCESSE!
T'ES VRAIMENT COINCÉ-COINCÉ?
J'EN AI BIEN PEUR!
BRIAN BASSET
SUPER! ON PEUT COMMANDER DES PIZZAS!!!
GÉNIAL

JE VOIS SUR LE CALENDRIER QUE TU VAS AU CLUB DES MÈRES, CE MATIN À 9 H 30, ADAM...
BRIAN BASSET
FLÛTE, J'AVAIS OUBLIÉ! C'EST PAS CHEZ NOUS, AU MOINS?
NON. CHEZ LYNN.
AAAH BON! JUSTE LE TEMPS DE NOUS PRÉPARER, NICK ET MOI!
TU AS AUSSI ÉCRIT QUE C'EST TOI QUI DOIS AMENER LES GÂTEAUX.

AÏE AÏE AÏE! JE DOIS FAIRE DES GÂTEAUX POUR TOUT LE MONDE, ET LE FRIGO EST CARRÉMENT VIDE!
TOUT COMME LE PLACARD...
BRIAN BASSET
QU'EST-CE QUE JE VAIS FAIRE? J'AI DOUZE MINUTES POUR SAUVER MA RÉPUTATION!
BON, BEN... SI URGENCE EST MÈRE D'INVENTION, ALORS LE DÉSESPOIR SERA PAPA: DES BEIGNETS DE CORN-FLAKES AU BLÉ COMPLET ET AU NUTELLA.

POURVU QU'IL N'Y AIT PERSONNE. POURVU QU'IL N'Y AIT PERSONNE. POURVU...
ZZZZZ
SALUT, LYNN ! JE SUIS EN RETARD ?
UN PEU, MAIS C'EST PAS GRAVE.
BRIAN BASSET
...TOUT LE MONDE ATTEND IMPATIEMMENT DE GOÛTER TES DOUCEURS.
PSST ! VISE-MOI SON SOURIRE EN COIN. JE PARIE QUE C'EST LAURA QUI A TOUT FAIT.
OU QU'IL S'EST ARRÊTÉ À LA BOULANGERIE !
HMM ! ÇA A L'AIR PLUTÔT INTÉRESSANT !...
ÇA M'A L'AIR UN PEU GRAS. C'EST CALORIQUE, NON ?
DIS-NOUS TOUT, ADAM. C'EST LAURA QUI L'A FAIT ?
BRIAN BASSET
MMFFPHRMMBBRFF
MMFPPMMHHBRRMF
MMPHPPFFM
MPRMUPFF MPHHM
OUI ! C'EST LAURA QUI A TOUT FAIT !
ALORS, CETTE JOURNÉE ?
SUPER..
TU AS ACHETÉ DES GÂTEAUX, FINALEMENT ?
PAS EU LE TEMPS. ALORS J'AI CONCOCTÉ TRÈS VITE UN PETIT QUELQUE CHOSE.
BRIAN BASSET
ÇA A L'AIR... HEU... INTÉRESSANT, CE DÎNER, ADAM... ÇA VIENT D'OÙ ?
DU CLUB DES MÈRES.
BRIAN BASSET
ÉLEVER DES ENFANTS
LA LÉGION
VOUS ADOREREZ EN BAVER.

... ET UN MENU-ENFANT AVEC LE REQUIN DE ZARGON À TROIS TÊTES DE LA GALAXIE ZARGON.
DÉSOLÉE, MONSIEUR, NOUS SOMMES À COURT DE CE JOUET.
QUOI !!? MAIS VOUS **DEVEZ** M'EN TROUVER UN ! MON FILS ICI PRÉSENT EN A BESOIN POUR COMPLÉTER SA COLLECTION ! L'AUTRE JOUR, JE SUIS VENU ET VOUS N'EN DONNIEZ PAS ENCORE !
ÇA A EU BEAUCOUP DE SUCCÈS, MONSIEUR. JE PEUX VOUS DONNER UN SCHTROUMPF À ROULETTES À LA PLACE.
BRIAN BASSET
PFF ! PAR PITIÉ ! QUEL GOSSE UN PEU SENSÉ VOUDRAIT D'UNE COCHONNERIE PAREILLE !?

JE N'ARRIVE PAS À CROIRE QU'ILS SOIENT DÉJÀ À COURS DE REQUINS À TROIS TÊTES DE LA GALAXIE ZARGON DANS LEURS MENUS-ENFANTS !
NICK ADORE CES REQUINS DE ZARGON ! ET JE LUI AI PROMIS TOUTE LA SEMAINE QU'ON LUI EN TROUVERAIT UN !
BRIAN BASSET
BON, NICK, JE SAIS QUE TU AS FAIM ...
MAIS ILS NE NOUS AURONT PAS, NOM DE NOM ! ON FERA TOUS LES FAST-FOODS DE LA VILLE S'IL LE FAUT, MAIS ON EN TROUVERA UN !

COMMENT A ÉTÉ TA JOURNÉE, LAURA ?
ÉPUISANTE. J'AI EU UN RENDEZ-VOUS AVEC UN CLIENT AU PETIT DÉJEUNER, ET UN AUTRE AU DÉJEUNER !
VRAIMENT CRUEL.
SERAIS-TU UN PETIT PEU SARCASTIQUE, MON CHÉRI ?
UN PETIT PEU SEULEMENT ? ATTENDS, JE RECOMMENCE...
BRIAN BASSET

ADAM
BRIAN BASSET
FRE!!!!!!!!!!!!!!!NE!
ON DIRAIT QUE LAURA ET LES ENFANTS SONT DE RETOUR.
ALORS, CET APRÈS-MIDI EN TÊTE À TÊTE AVEC LES ENFANTS ?
AFFREUX.
CLAYTON ET KATY N'ONT PAS ARRÊTÉ DE SE CHAMAILLER...
NON D'ABORD!
SI D'ABORD!
NICK A HURLÉ PENDANT TOUT LE FILM... MAIS AU MOINS, J'AI PU SAISIR DES BOUTS DE DIALOGUES À CHAQUE FOIS QUE JE LE PROMENAIS DANS LE COULOIR.
PUIS, AU RETOUR, ON S'EST ARRÊTÉ ACHETER UNE GLACE, ET LÀ, BIEN SÛR, ÇA N'A FAIT QU'EMPIRER.
NON D'ABORD!
¡SI D'ABORD!
BRIAN BASSET

PAPA, TU VEUX BIEN AUGMENTER MON ARGENT DE POCHE ?
C'EST TA MÈRE QUI S'OCCUPE DES FINANCES. DEMANDE-LUI.
MAIS TOI, TU ES SI BON ET COMPRÉHENSIF.
BRIAN BASSET
ELLE A DÉJÀ REFUSÉ, C'EST ÇA, HEIN ?
ELLE Y RÉFLÉCHIT.
BON, ÉCOUTE PAPA. JE TE PROPOSE UN TRUC.
SI TU DEMANDES POUR MOI À MAMAN...
TU RANGERAS TA CHAMBRE ?
BEURK ! NON !
BRIAN BASSET
...JE TE FILE 1% DE MES NOUVEAUX GAINS.
RÉPÈTE UN PEU POUR VOIR. TU VEUX QUE JE TE PISTONNE AUPRÈS DE TA MÈRE...
... ET COMBIEN TU COMPTES ME DONNER ?
BRIAN BASSET
1% DE MES NOUVEAUX GAINS.
WAOU ! TU ES SÛR DE POUVOIR TE PERMETTRE UNE TELLE DÉPENSE ?
OH, OUI ! J'AI PROMIS 25% À KATY POUR QU'ELLE DISE QUE J'AVAIS ÉTÉ GENTIL AVEC ELLE DERNIÈREMENT.
ALLEZ, PAPA ! JE T'OFFRE 1% DE TOUT CE QUE JE GAGNERAIS EN PLUS SI TU CONVAINCS MAMAN D'AUGMENTER MON ARGENT DE POCHE.
PAS QUESTION.
AH, JE VOIS ! ÇA NE TE SUFFIT PAS, 1% ! TU VEUX PLUS, HEIN ?
BRIAN BASSET
RACKETTEUR ! RACKETTEUR !

BRIAN BASSET
CLAYTON A DROIT À UNE AUGMENTATION D'ARGENT DE POCHE. ET POURQUOI PAS MOI, ALORS?
CLAYTON FAIT LA PLUPART DE SES TÂCHES, LUI.
BRIAN BASSET
ZAP
HÉ!
ZAP
ON NE VA PAS REGARDER LES CHAÎNES CRYPTÉES?
ELLES NE SERAIENT PAS CRYPTÉES SI ON PAYAIT L'ABONNEMENT!
BRIAN BASSET
TU TRAVAILLES SUR QUOI, ADAM?
SUR RIEN.
NE ME DIS PAS QUE TU FAIS ENCORE UN DE CES TESTS BIDONS SUR L'AMOUR ET LE MARIAGE!
NON, NON, CE NE SONT QUE DES MOTS CROISÉS.
QUESTION 2 : ÊTES-VOUS HONNÊTE AVEC VOTRE FEMME?
TOUT À FAIT.
QUESTION 4 : VOUS ET VOTRE ÉPOUSE DÎNEZ AUX CHANDELLES...
A) UNE FOIS PAR AN
B) DEUX FOIS PAR AN
C) TROIS FOIS PAR AN ET PLUS.
BRIAN BASSET
VOYONS VOIR... IL Y A EU L'ACCIDENT DU CAMPING, EN AOÛT... CETTE GROSSE TEMPÊTE EN MARS... ET LES FUSIBLES QUE J'AI PÉTÉS IL Y A DEUX SEMAINES...
C.

BRIAN BASSET
VAS-Y, POSE-MOI UNE QUESTION GÊNANTE.
BON : À QUEL RYTHME VOUS ARRIVE-T-IL DE...
...REGARDER ENSEMBLE LES REDIFS DE "BENNY HILL" ?
MAIS QUEL RAPPORT AVEC L'AMOUR ET LE MARIAGE, ÇA ?
ALORS ? TA RÉPONSE ?
JAMAIS.
AÏE. NOTRE COUPLE VA À LA DÉRIVE.

QUESTION 8 : VOTRE ÉPOUX(SE) VOUS DIT-IL (ELLE) TOUT ? LUI FAITES-VOUS ENTIÈREMENT CONFIANCE ?
BRIAN BASSET
ABSOLUMENT !
PAREIL !
ALORS... QUESTION SUIVANTE...
MENTEUR !
MENTEUSE !
VOUS ET VOTRE CONJOINT...

LES RÉSULTATS DU TEST DISENT QUE NOTRE COTE D'AMOUR EST FAIBLE, QU'ON NE PASSE PAS ASSEZ DE TEMPS ENSEMBLE, ET QU'ON NE COMMUNIQUE PAS BIEN.
UN MOMENT. JE COMPARE NOTRE SCORE.
TU NE CROIS PAS QUE NOTRE COUPLE EST EN DANGER, HEIN ?
PAS D'APRÈS CECI ! NOTRE SCORE CORRESPOND À CELUI DES DEUX TIERS DES COUPLES MODERNES.
BRIAN BASSET

ADAM
BRIAN BASSET
ADAM, POSE CE MACHIN !
JUSTE UNE MINUTE.
ZAP
ÉTEINS CETTE TÉLÉ ET DORS.
JE REGARDE JUSTE LE JOURNAL.
VA EN BAS, S'IL TE PLAÎT, J'AI DU BOULOT, DEMAIN.
TU SAIS QUOI ?... REGARDE, JE BAISSE LE VOLUME.
ENCORE MIEUX. JE COUPE LE SON ET JE LIS SUR LES LÈVRES.
ET JE BAISSE LA LUMINOSITÉ À FOND, COMME ÇA, TU NE VERRAS PLUS AUCUNE LUMIÈRE !
MERCI.
SCORE : UN À ZÉRO ! ENFIN...
... JE CROIS.

BRIAN BASSET
DES CRÊPES CE MATIN, PAPA ?
D'ACCORD.
EUH... JE VOULAIS DIRE : TU NOUS FAIS DES CRÊPES !
OOH.

ATTENTION ! LE PROGRAMME SUIVANT POURRAIT CHOQUER LES PLUS JEUNES TÉLÉSPECTATEURS.
BRIAN BASSET

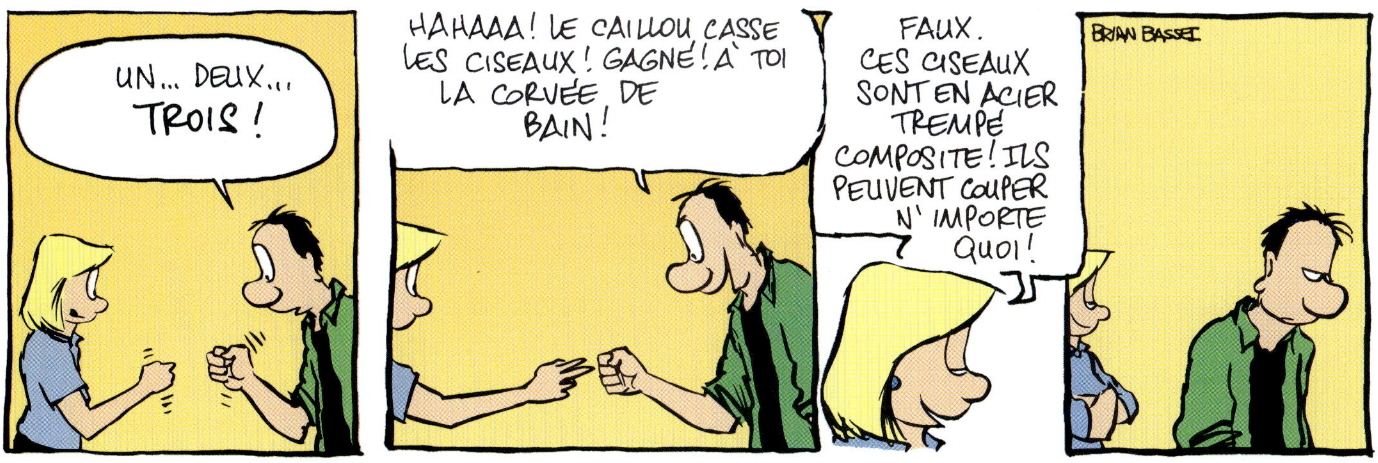
UN... DEUX... TROIS !
HAHAAA ! LE CAILLOU CASSE LES CISEAUX ! GAGNÉ ! À TOI LA CORVÉE DE BAIN !
FAUX. CES CISEAUX SONT EN ACIER TREMPÉ COMPOSITE ! ILS PEUVENT COUPER N'IMPORTE QUOI !
BRIAN BASSET

BRIAN BASSET
WAHHHHH
WAHHHH
SILENCE ! FAIS LA SIESTE !

HOLÀ ! NE BOUGE PAS, KATY !
J'AI TON NEZ !
REGARDE !
PAPA. C'EST LA BLAGUE LA PLUS VIEILLE DU MONDE !
BRIAN BASSEI

RINNG
LAURA NEWMAN.
BRIAN BASSEI
PUF PUF PUF PUFPUFPUF PUFPUF...
ADAM, C'EST TOI ?
PUF PUFPUF PUFPUF PUF...

ET VOILÀ, NICK ! ON EST ARRIVÉS AU PARC !
AAAH... RIEN NE VAUT LE PARC...
ON N'A PLUS QU'À...
BRIAN BASSEI
...QU'À SE PARQUER.

...6...5...4... 3...2...1...
MISE SUR ORBITE !
BRIAN BASSEI
RETOUR SUR TERRE !

BRIAN BASSET

ÇA VA ?
QUE S'EST-IL PASSÉ ?
VOTRE PETIT GARÇON VIENT D'À MOITIÉ VOUS ASSOMMER.
BRIAN BASSET
VOUS ÊTES SÛR QUE ÇA VA ?
OUAIS.
QUEL PETIT GARÇON ?

MON DIEU, ADAM, MAIS QUE T'EST-IL ARRIVÉ ?
JE ME SUIS FAIT COGNER AU PARC.
BRIAN BASSET
J'AIMERAIS PAS VOIR L'AUTRE TYPE.
LE VOILÀ.

MAIS COMMENT DIABLE UNE BALANÇOIRE A-T-ELLE PU TE FRAPPER À LA TÊTE, ADAM ?
J'ÉTAIS DISTRAIT. JE REGARDAIS UNE SUPERBE NA...
BRIAN BASSET
JE ME RAPPELLE RIEN ! LE TROU NOIR !

ADAM
BRIAN BASSET
BRIAN BASSET
JE MANGE PAS CETTE COCHONNERIE ! ÇA ME FAIT VOMIR !
ET TU REDESCENDRAS QUAND TU AURAS FAIM !

ADAM
BRIAN BASSET
COMMENT TE SENS-TU ?
SOIS HONTEUSE POUR AVOIR LAISSÉ LES ENFANTS POUR LA SOIRÉE...
... ET SOIS TRÈS HONTEUSE POUR AVOIR LAISSÉ LES ENFANTS POUR LA SOIRÉE.
LAURA, ÇA NE VA PAS ?
JE NE SAIS PAS. JE CROIS QUE ÇA ME GÊNE DE LAISSER LES ENFANTS CE SOIR.
TU AS VU COMMENT ILS NOUS REGARDAIENT QUAND ON EST PARTIS ?
ARRÊTE, ILS ADORENT NOUS CULPABILISER. CE SONT CARRÉMENT DES CHAMPIONS ! ILS ONT ÉCRIT UN LIVRE LÀ-DESSUS.
C'EST VRAI QU'ON N'ÉTAIT PAS SORTIS DEPUIS LONGTEMPS.
EXCUSEZ-MOI, MADAME, MONSIEUR, MAIS VOTRE BABY-SITTER VIENT D'APPELER ET VOUS RÉCLAME D'URGENCE.
HEUREUSEMENT QUE TU AVAIS LAISSÉ LE NUMÉRO DU RESTAURANT !
JE SENTAIS BIEN QU'IL ALLAIT ARRIVER QUELQUE CHOSE !
VOILÀ. ÇA LEUR APPRENDRA À NOUS ABANDONNER POUR LA SOIRÉE.
C'EST BIEN CALME, PAR LÀ-BAS ! TOUT VA BIEN ?

PAPA, QU'EST-CE QU'ON MANGE?
CHINOIS.
CHINOIS? T'AS JAMAIS FAIT DU CHINOIS, AVANT!
BRIAN BASSET
TU SAIS QUOI? PAPA CUISINE CHINOIS, CE SOIR!
SUPER! IL NE NOUS MANQUAIT PLUS QUE ÇA! UN NOUVEL INCIDENT INTERNATIONAL!
JE VOUS JURE! J'AI CAPTÉ DEUX VOIX ÉTRANGÈRES DANS LE BABY-PHONE DE KESLEY! À MON AVIS, CE COUPLE PLUTÔT (HUM) DYNAMIQUE ET ACTIF PARLAIT ASSEZ FORT POUR ÉMETTRE DANS L'INTERPHONE DE LEUR GAMIN, DANS LA CHAMBRE D'À CÔTÉ.
C'EST ÇA! ET TU AS ENTENDU LEURS NOMS?
SEULEMENT "BICHOUILLETTE" ET "MATCHOUILLOU".
BRIAN BASSET
ADAM, QU'Y A-T-IL DE SI URGENT POUR QUE TU ME LAISSES SEPT MESSAGES?
LAURA, ON EST SUR ÉCOUTE!
PARDON?
SUR ÉCOUTE, JE TE DIS! APPAREMMENT, NOS MOMENTS LES PLUS INTIMES ONT ÉTÉ CAPTÉS PAR L'INTERPHONE DE NICK ET RETRANSMIS PAR TOUS LES INTERPHONES DU QUARTIER!
BRIAN BASSET
VOYONS, ADAM, ÇA NOUS ARRIVE SOUVENT?
AH... D'ACCORD...
ADAM... POSE ÇA! TU NE CAPTERAS PAS DE CONVERSATIONS AVEC CE TRUC.
CHHHHUUT. J'ENTENDS QUELQUE CHOSE... UN CHIEN QUI ABOIE... UN AVION QUI PASSE...
TU VOIS BIEN... RIEN DE CROUSTILLANT AU PROGRAMME CE SOIR.
BRIAN BASSET
SAUF QUE CE N'EST PAS UN CHIEN QUI ABOIE!

ADAM! LA BABY-SITTER EST LÀ! DÉPÊCHE-TOI, TRAÎNARD!
EEH BEN! ON POURRAIT CROIRE QU'UN TYPE QUI RESTE TOUTE LA JOURNÉE AVEC LES ENFANTS SERAIT PLUS RAPIDE POUR QUITTER LA MAISON!
ADAM!
TU VIENS OU QUOI, LAURA? ÇA FAIT UNE DEMI-HEURE QUE J'ATTENDS DANS LA VOITURE!
BRIAN BASSET
ON REJOINT KIM ET MARK À QUEL RESTAURANT?
PAS AU RESTAURANT. ON DÎNE CHEZ EUX.
QUOI? JE ME COLTINE LES ENFANTS TOUTE LA JOURNÉE À LA MAISON, ET QUAND JE PEUX SORTIR ENFIN, C'EST POUR ALLER OÙ? CHEZ UN COUPLE AVEC DES ENFANTS!
Y A UN TRUC QUI COLLE PAS, LÀ.
OUI. J'AURAIS DÛ TE LAISSER À LA MAISON AVEC LA BABY-SITTER.
BRIAN BASSET
DÉLICIEUX, CE RAGOÛT, KIM!
FÉLICITE MARK. C'EST LUI LE CUISINIER DANS CETTE MAISON.
AH OUIII? HUM... FÉLICITATIONS, MARK.
PSSST. PEUT-ÊTRE POURRAIS-TU VANTER MES TALENTS CULINAIRES DE TEMPS EN TEMPS...
MARK, TU DONNERAS LA RECETTE À ADAM?
BRIAN BASSET
LE RAGOÛT DE MARK ÉTAIT VRAIMENT GÉNIAL.
OUAIS. PAS MAL.
PAS MAL!? TU NE SERAIS PAS UN PEU JALOUX DE MARK, TOI?
PAS DU TOUT! J'AI CONNU MIEUX, C'EST TOUT.
AH OUI? ET QUAND?
QUAND ILS NOUS ONT INVITÉS À MANGER, L'AN DERNIER.
BRIAN BASSET

NON, VRAIMENT, SI JE NE TE CONNAISSAIS PAS, JE DIRAIS QUE TU ES VRAIMENT JALOUX DES TALENTS CULINAIRES DE MARK.
MOI ? JALOUX ? ME FAIS PAS RIRE.
TU N'AS PAS BEAUCOUP PARLÉ, EN TOUT CAS...
VOUS NE M'AVEZ PAS LAISSÉ EN PLACER UNE !
...TOI ET KIM, VOUS AVEZ DÉLIRÉ SUR LE SUPER RAGOÛT DE MARK... SUR LES LÉGUMES SIIIIII TENDRES... SUR LA SALADE SIIIII CRAQUANTE...
BRIAN BASSET
JE N'EN REVIENS PAS DE TON ESPRIT COMPÉTITIF, ADAM... INVITER KIM ET MARK À DÎNER DEMAIN PARCE QU'ILS VIENNENT DE NOUS INVITER CHEZ EUX...
QU'Y A-T-IL DE COMPÉTITIF ? PAS DU TOUT ? JE LEUR RENVOIE L'INVITATION, C'EST TOUT !
BRIAN BASSET
JE TE CONNAIS, ADAM... TU VEUX JUSTE PROUVER À MARK QUE TU ES AUSSI BON CUISINIER QUE LUI...
TU TE TROMPES.
JE VEUX QU'IL RÉCLAME DU RAB À GENOUX !
QUEL CHEF-D'ŒUVRE AS-TU PRÉVU POUR ÉPATER NOS AMIS, CE SOIR ?
UN BARBECUE DE SAUMON.
C'EST RISQUÉ, ADAM. TOUT LE MONDE N'AIME PAS LE POISSON.
J'Y AI PENSÉ.
BRIAN BASSET
J'AI PRIS UN PETIT SAUMON.
QUE C'EST GENTIL À VOUS DE NOUS RECEVOIR SI VITE.
OH OUI.
OH, NOUS AVONS PASSÉ UNE SI BONNE SOIRÉE CHEZ VOUS.
OÙ EST L'ARTISTE CULINAIRE ?
DEHORS, IL FAIT GRILLER UN SAUMON.
HMMM, ÇA A L'AIR DÉLICIEUX !
BRIAN BASSET
J'ARRIVE ! JE COURS CHERCHER DE LA SAUCE TARTARE !

J'ACHÈTE CETTE SAUCE ET JE REVIENS DANS LA SECONDE !
ET NE VOUS INQUIÉTEZ PAS POUR LE DÎNER, J'AI TOUT COUVERT.
BRIAN BASSET

DÉSOLÉ, J'AI TARDÉ. VOUS N'ALLEZ PAS ME CROIRE... J'AI DÛ FAIRE TROIS MAGASINS POUR TROUVER DE LA TARTARE.
BRIAN BASSET
HÉ... MAIS OÙ SONT MARK ET KIM ?
LE SAUMON ?!
AAAAAH ! ET LE SAUMON EST RÉDUIT EN CENDRES !
PHOOOOF !
MARK ET KIM ONT DÛ RENTRER. LEUR BABY-SITTER A APPELÉ : JESSE A DE LA FIÈVRE.
MERCI MERCI MERCI !

REGARDEZ-MOI COMME CE SOL BRILLE !
VOILÀ LAURA. ON VA VOIR SI ELLE LE REMARQUE.
AAAAAAA
BRIAN BASSET
SMASH

SMASH

ADAM
BRIAN BASSET
BRIAN BASSET
QUELQU'UN, VITE... J'AI BESOIN D'UN MOUCHOIR !
*
* ENFANT AVEC UN NEZ QUI COULE, TROP EXPLICITE POUR ÊTRE MONTRÉ.

A'A, MA 'ENT 'OUGE.
BON, NE TIRE PAS DESSUS.
'AIS ELLE 'OUGE ET 'ALANCE.
NE TIRE PAS DESSUS.
'AIS ELLE 'EUT 'OMBER.
NE TIRE PAS DESSUS.
BRIAN BASSET
LÀ! LA VOILÀ!
BEURK! NE ME MONTRE PAS!

PAPA, COMMENT LA PETITE SOURIS SAURA QU'ELLE DOIT REGARDER SOUS MON OREILLER?
ELLE SAIT TOUT, CHÉRIE.
MAIS, ET SI ELLE OUBLIE DE VENIR?!
ELLE N'OUBLIERA PAS. C'EST CE QU'ELLE FAIT TOUTES LES NUITS: RAMASSER À TRAVERS LE MONDE LES DENTS TOMBÉES DES PETITS GARÇONS ET DES PETITES FILLES.
BRIAN BASSET
QUEL BOULOT HORRIBLE!

OUUUIN, LA PETITE SOURIS N'EST PAS PASSÉE!
BRIAN BASSET
SMACK!
NON, ELLE EST BIEN VENUE LA NUIT DERNIÈRE. ELLE NE T'A PAS OUBLIÉE... C'EST JUSTE QUE... QUE...
SNIF
... PAPA A OUBLIÉ DE DÉPROGRAMMER L'ALARME, ET ELLE A ÉTÉ EMMENÉE PAR ERREUR PAR LA POLICE POUR AVOIR ESSAYÉ D'ENTRER.
OH.

ADAM, RÉVEILLE-TOI!
LES ENFANTS N'ONT PAS ENCORE DÉJEUNÉ... NICK A BESOIN D'ÊTRE CHANGÉ... KATY A RENDEZ-VOUS CHEZ LE DENTISTE, ET JE DOIS FILER SI JE NE VEUX PAS ÊTRE EN RETARD AU BUREAU.
ÇA VA, JE ME LÈVE, JE ME LÈVE! ET BONNE JOURNÉE DE CONGÉ.
CONGÉ? TU VEUX DIRE "TRAVAIL".
APPELLE ÇA COMME TU VEUX.
BRIAN BASSET

BRIAN BASSET

JE TE LE DIS, LAURA... CES GOSSES M'ENTERRE-RONT VIVANT.
BRIAN BASSET

humour libre

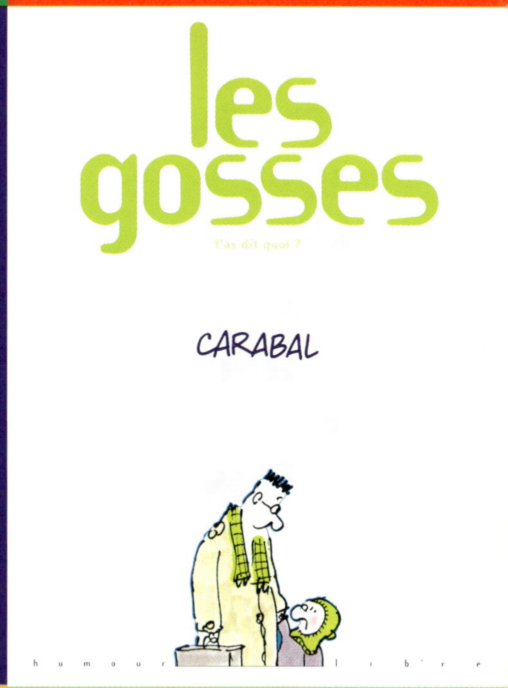

découvrez l'humour vache

textes et dessins
GARY LARSON
1.
2.

Poétique, décalé, bizarre, cruel, insensé, cérébral, riche, idiot, génial... impossible de citer un seul qualificatif pour décrire l'extraordinaire univers de Gary Larson. Mais le plus étonnant chez lui c'est la parfaite logique dans l'illogique, portée à un point tel qu'on finirait par admettre que le monde de Gary Larson existe réellement. Attention au risque d'accoutumance !

Traduit aujourd'hui en dix-sept langues, vendu à plus de vingt-huit millions d'albums, reconnu comme l'une des plus grandes vedettes du dessin d'humour, Gary Larson est devenu, avec les Monty Pythons, le nouvel ambassadeur du non-sens et de l'absurde.

À QUI L'OFFRIR ?
à vous-même et à vos amis amoureux des bêtes.

albums cartonnés - 56 pages - noir et blanc
59 FF - 360 FB - 17 Fs - 15,95 $CAN

LA FUREUR DE RIRE

adorables... surtout quand ils dorment !

scénarios, dessin et couleurs
CARABAL
1. et en plus, c'est vrai !
2. t'as rien compris
3. t'as dit quoi ?

Les gosses, c'est comme les chiots, ça ne devrait jamais grandir, car ça devient vite envahissant... sauf lorsqu'il s'agit des nôtres ! Romain et Cyril sont comme ça. Entre leurs questions pertinentes et leurs mots d'enfants, c'est tout leur quotidien qui apparaît, sous le regard attendri (mais fatigué) de leurs parents.

Pour être aussi juste dans ses gags, Carabal a deux modèles, deux enfants de quatre et huit ans qui s'appellent... Cyril et Romain, comme dans ses histoires ! Par sa fraîcheur, sa tendresse et son dessin où tout est dit d'un trait, cette série fait déjà fondre les millions de lecteurs de FEMME ACTUELLE. Résisterez-vous longtemps?

À QUI L'OFFRIR ?
à vous-même et à vos amis mamans et papas.

albums cartonnés - 48 pages - couleurs
59 FF - 360 FB - 17 Fs - 15,95 $CAN

humour libre

le monde est flou

scénario
MIDAM & CLARKE
dessin et couleurs
CLARKE
1. histoires à lunettes

Méfiez-vous des porteurs de lunettes ! Derrière cette docte façade se cachent souvent de joyeux hurluberlus qui ne reculeront devant rien pour vous faire rire à chaque page.

Attention les yeux ! Clarke, le papa de l'ensorcelante Mélusine s'est associé à Midam, le créateur du turbulent Kid Paddle, pour concevoir une nouvelle série où tout est permis. Gags en une page, histoires courtes, longs récits, ces deux vedettes du journal SPIROU sont prêts à vous entraîner aux confins de l'absurde et du décalé. Remontez vos lunettes, ouvrez grand vos mirettes et découvrez sans tarder ces drôles d'histoires drôles, pendant que les travaux continuent...

À QUI L'OFFRIR ?
à vous-même et à vos amis presbytes contrariés et astigmates refoulés.

album cartonné - 48 pages - couleurs
59 FF - 360 FB - 17 FS - 15,95 $CAN

il est momie, elle l'aime, il est très emballé !

scénario
SFAR
dessin et couleurs
GUIBERT

Comment demander la main de la charmante fille de l'égyptologue qui vous a découverte quand on est une momie, perdue dans l'Angleterre de la fin du XIXe siècle, et déclarée morte depuis 3 000 ans ?

Tout en finesse et en lumière, cet album poétique, sensible, original et follement drôle est une œuvre personnelle et forte, que l'on pourrait rapprocher des pièces d'Oscar Wilde ou des fables d'Ambrose Bierce. Un coup de maître signé Emmanuel Guibert et Joann Sfar, deux jeunes auteurs très emballants.

PRIX RENÉ GOSCINNY 1998
ALPH'ART COUP DE CŒUR ANGOULÊME 1998

À QUI L'OFFRIR ?
à vous-même
et à vos amis archéologues et romantiques.

album cartonné - 64 pages - couleurs
69 FF - 420 FB - 20 Fs - 16,95 $CAN

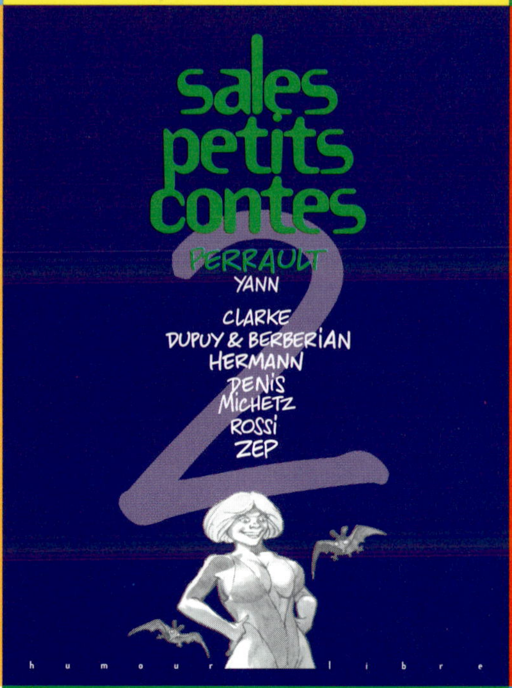

il était une fois... deux fois... trois fois... adjugé !

scénarios	scénarios
YANN	**YANN**
dessin et couleurs	dessin et couleurs
BODART, BOUCQ, CLARKE, GABRION, JUILLARD, ROBIN, WENDLING	**CLARKE, DENIS, DUPUY & BERBERIAN, HERMANN, MICHETZ, ROSSI, ZEP**
1. Andersen	**2. Perrault**

Peut-on être plus cruel qu'Andersen et plus féroce que Perrault dans leurs contes ? L'innommable Yann relève le défi et s'associe chaque année aux plus grands dessinateurs pour parodier allégrement un auteur célèbre avec l'esprit et le cynisme qui le caractérisent. En six chapitres édifiants et une biographie cinglante (mais vraie), ils révèlent enfin le véritable visage des contes de fées.

À QUI L'OFFRIR ?
à vous-même et à vos amis amateurs de littérature.

albums cartonnés - 48 pages - couleurs
59 FF - 360 FB - 17 Fs - 15,95 $CAN

France et Suisse
Éditions Dupuis • 57, boulevard de la Villette • F-75010 Paris.
Tél. : 01.44.84.40.80 • Fax : 01.44.84.40.99

Belgique
Éditions Dupuis • Rue Destrée 52 • B-6001 Marcinelle.
Tél. : 071.600.500 • Fax : 071.600.599

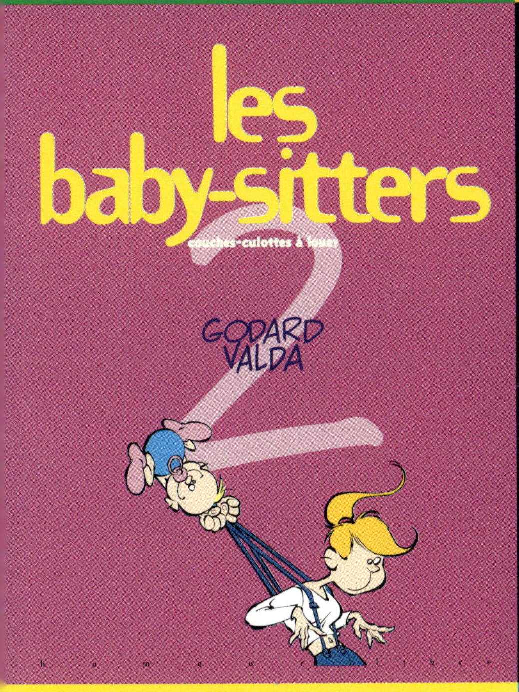

dans les coulisses d'un métier à haut risque

scénarios
GODARD
dessin
VALDA
1. couches-culottes à louer
2. pour une poignée de berceuses

Parents, si vous saviez ce qui se passe lorsque vous sortez, abandonnant vos chères petites têtes blondes aux mains d'inconnu(e)s plein(e)s de bonnes intentions... Partez donc à la découverte d'un métier à haut risque : baby-sitter. Entre absurde et loufoque, sur des textes teintés de folie douce que le dessin épouse avec une élégante délectation, joyeux complices dans l'hénaurme, aussi inattendus que deux merles blancs unijambistes, Godard et Valda signent une série d'histoires courtes, instructives et survoltées.

À QUI L'OFFRIR ?
à vous-même
et à vos amis qui sont venus sans leurs bébés.

albums cartonnés - 48 pages - couleurs
59 FF - 360 FB - 17 Fs - 15,95 $CAN

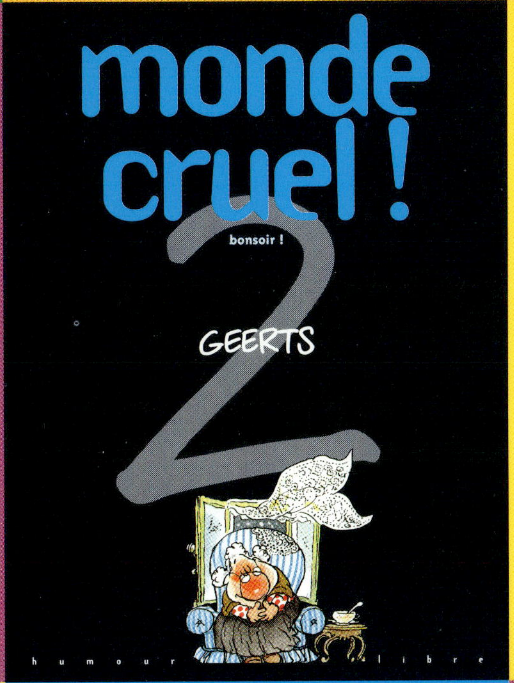

perles fines et cruelles

textes, dessin
et couleurs
GEERTS
1. bonjour !
2. bonsoir !

De cartoons en saynètes, Geerts teinte son univers de toutes les couleurs de l'humour. Tour à tour noir ou rose, gris ou bleu tendre, cynique ou attachant, cruel ou bon enfant, il nous offre une suite de grands moments de bonheur et d'ironie.

Comme un sucre d'orge truqué dont la saveur douce virerait tout à coup au vinaigre, ce *monde cruel* porte bien son titre car, sous un trait des plus délicats, sous les aspects les plus terriblement gentils, voici que jaillissent soudain les rires les plus moqueurs.

À QUI L'OFFRIR ?
à vous-même et
à vos amis qui rient du malheur des autres.

albums cartonnés - 64 pages - couleurs
69 FF - 420 FB - 20 Fs - 16,95 $CAN

une main de fer dans un gant de vaisselle

scénarios et dessin
BRIAN BASSET
1. profession : père au foyer
2. demande à papa
3. femme d'affaires et homme de ménage

Entre trois enfants à dompter (plus ceux des voisins), une machine à laver récalcitrante et un aspirateur farceur, découvrez les malheurs domestiques, douloureux et quotidiens d'Adam, qui n'avait pas choisi de devenir père au foyer...

Qu'ils attendent un enfant, achètent une nouvelle voiture ou essaient de perdre du poids, tous les jeunes couples vont se retrouver dans cette chronique familiale moderne et dynamique qui traite aussi bien des problèmes domestiques que des joies de la vie de bureau.

À QUI L'OFFRIR ?
à vous-même et à vos amis papas poules.

albums cartonnés - 56 pages - couleurs
59 FF - 360 FB - 17 Fs - 15,95 $CAN

enfin du neuf sur le plus vieux métier du monde !

scénarios
YANN
dessins
HARDY

1. trottoirs brûlants
2. vénus vénales
3. tapinage artistique

L'une, c'est Lolo. L'autre, c'est Sucette. Toutes deux arpentent les trottoirs pour aider leurs prochains... s'ils payent cash et d'avance ! Belles de nuit même en plein jour, elles sont toujours prêtes à sauver la veuve (poignet) et déniaiser l'orphelin (et les deux orphelines).

Les deux prostituées les plus célèbres de la BD reprennent le turbin pour des heures inoubliables de plaisirs inédits. L'humour ravageur de Yann allié au dessin explosif d'Hardy vous en donneront pour votre argent en vous offrant la vision décapante d'un des aspects les plus hypocrites de notre société.

(Le tome 1 de Lolo et Sucette *est réédité à cette occasion.)*

À QUI L'OFFRIR ?
à vous-même et à vos amis obsédés du sexe.

albums cartonnés - 48 pages - couleurs
59 FF - 360 FB - 17 Fs - 15,95 $CAN

pour tuer le temps...

scénarios
THIRIET
dessins
LARCENET★

1. profitons-en !

Qu'on soit un éphémère demandant un crédit sur dix ans ou une momie coincée dans un sarcophage, on arrive toujours à la même conclusion : la vie est courte ! Trop courte ! Raison de plus pour rire, vite, de tout et surtout de n'importe quoi, de bousculer ses idées reçues et de plonger dans ce recueil de cartoons tantôt absurdes, tantôt délirants... toujours savoureux !

Quand un des piliers du journal SPIROU, Thiriet, rencontre un des piliers de FLUIDE GLACIAL, Larcenet★, qu'est-ce qu'ils se racontent ? Beaucoup de choses. Tellement même, que ça explose en un festival de cartoons dans la lignée des plus grands. À chaque case, ce duo relève le défi de créer un nouvel univers, toujours plus étonnant.

À QUI L'OFFRIR ?
à vous-même
et à vos amis trop pressés pour lire de la BD.

albums cartonnés - 48 pages - couleurs
59 FF — 360 FB — 17 FS — 15,95 $CAN

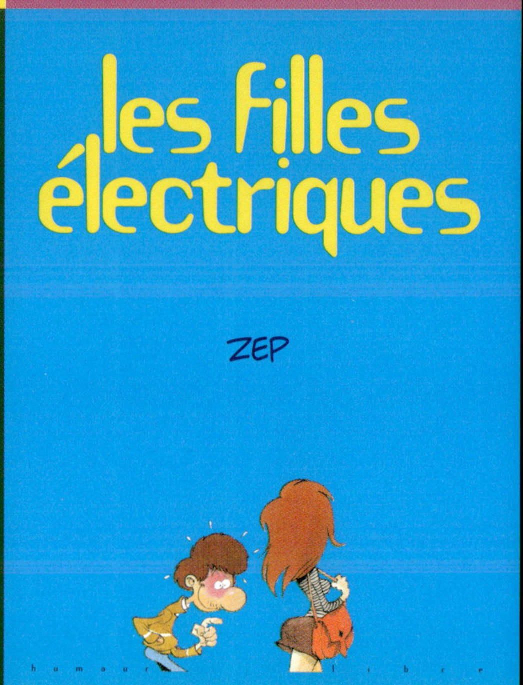

l'amour n'est pas toujours un bouquet de violettes

scénarios, dessin
et couleurs
ZEP

Souvenez-vous. A quinze ans, vous n'aviez qu'une envie : rencontrer des filles et, de préférence, le grand amour.
Vous avez un trou de mémoire ? Robert, lui, s'en souvient très bien et raconte au fil des pages ses nombreuses grandes amours impossibles et ses plans dragué les plus lamentables.

Ce grand dadais ne s'en fait pas pour autant, et sa constance dans l'échec mérite la considération de tous ceux qui, en leur temps, sont tombés sur un bec (de gaz) en heurtant les filles électriques.

Après "Titeuf", et soucieux de venir en aide aux grands adolescents pétrifiés à l'idée d'aborder la fille de leurs rêves, Zep, réalise en couleurs directes ce one-shot savoureux, tendre mais cruellement drôle.

À QUI L'OFFRIR ?
à vous-même
et à vos amis qui ont un jour eu quinze ans.

album cartonné - 48 pages - couleurs
59 FF - 360 FB - 17 Fs - 15,95 $CAN